27

Ln 16917.

MIAULEMENS

ET

CROASSEMENS
D'UN HIBOU.

MIAULEMENS

ET

CROASSEMENS

D'UN HIBOU,

OU

RÉPONSE

De M. l'Abbé Rahoux,

A UNE LETTRE ANONYME A LUI ADRESSÉE, ÉCRITE D'ALBI SOUS LA DATE
DU 3 SEPTEMBRE 1827, QUI CEPENDANT NE LUI FUT REMISE, DANS CETTE
VILLE, QUE LE 5 AU SOIR.

Toulouse,

IMPRIMERIE DE J.-M. CORNE, RUE PARGAMINIÈRES, N.º 84.

1827.

MIAULEMENS

ET CROASSEMENS

D'UN HIBOU.

Mon bel Oiseau,

A peine ai-je écrit ces trois mots, qu'un censeur un peu bilieux, et par conséquent d'une humeur peu accommodante, se met sur la scène, et me dit : *Ex abrupto.* Est-ce tout de bon, M. le guerroyeur, que vous appelez un Hibou, *mon bel oiseau ?* Oui, sans doute, M. le censeur, c'est tout de bon, et je soutiens que cette expression est celle qui convient au sujet. Entendez, je vous prie, mes preuves. Vous avez sans doute lu les Contes des Fées ? Eh bien, si votre mémoire vous sert comme il faut, vous vous rappellerez facilement que dans ce livre merveilleux, toutes les fois qu'on parle d'un oiseau, son titre est : *Mon bel Oiseau.* Or, dans un sujet aussi grave que celui que je traite, les Contes des Fées sont une autorité irréfragable.

Je poursuis ma preuve. La Bible, M. le censeur,

n'est pas un livre qui vous soit inconnu. Je ne demande pas que vous ayez fait de ce livre une étude approfondie, il me suffit que vous en ayez lu la première page. Dans cette première page, vous lisez ces mots : *Dieu contempla tous les ouvrages qu'il venait de créer, et il déclara qu'ils étaient bons et très-bons.* Du bon au beau, il n'y a qu'un pas à franchir ; franchissons-le.

Le beau est une qualité qui se donne non seulement à ce que presque tout le monde regarde comme tel, mais encore aux choses qu'un chacun, d'après ses goûts personnels ou ses affections particulières, lui paraît mériter ce titre. Le bon La Fontaine ne nous dit-il pas qu'une ourse léchant son jeune oursin, le regarde comme la plus belle production qui soit sous la cape du ciel ? Si un ours mal léché est si beau aux yeux de sa mère, pourquoi un Hibou ne sera-t-il pas aussi *un bel Oiseau ?*

Ce que je viens d'écrire me rappelle une anecdote qui revient très-bien à mon sujet. Je fus rendre visite à M. l'abbé Belin, aujourd'hui curé de Cahusac-sur-Vére. Je vis parmi une nombreuse collection d'animaux vivans dont il faisait son amusement, un Hibou qu'il renfermait dans un vieux coffre. Comme je caressais avec trop de familiarité ce jeune animal, M. Belin me dit : Prenez garde, les Hiboux sont méchans. Celui-ci, quoique fort jeune, vous mordra au moment que vous y penserez le moins. — Cet avertissement était fort à propos , je l'ai retenu ; mais ma mémoire a été en défaut sur cet avertissement , lorsque je me suis trouvé engagé au milieu des Hiboux auxquels je suis forcé de faire aujourd'hui la guerre.

Je passe à une autre preuve prise de l'autorité. Leibnitz est l'auteur du système de l'optimisme. Ce système est faux , parce qu'il met des entraves à la liberté de l'Être suprême. C'est par des plaisanteries que le trop fameux Voltaire , jaloux de tous les mérites , le combat dans son roman de Candide. Malgré tout cela , ce système ingénieux a encore de nombreux partisans qui tous vous diront , avec moi , qu'un Hibou est *un bel oiseau.*

Voici sans doute , M. le censeur , ce qui vous empêche d'être de mon avis. Vous me direz , et je le dirai avec vous : Un Hibou n'est pas un oiseau de volière ; son chant n'est pas mélodieux ; son plumage n'est pas celui du colibri ; son bec et sa griffe sont à craindre ; les aruspices , tant anciens que nouveaux , l'ont toujours compté parmi les oiseaux de mauvaise augure. Après ces aveux , vous chantez victoire , M. le censeur. Halte-là ! vous triomphez trop tôt. Tout ce que je vous permets de conclure , est ce que dit la chanson qui nous donne raison , et à vous et à moi :

Tous les goûts sont dans la nature,
Le meilleur est celui qu'on a.

La paix étant faite, entrons en matière, il en est bien temps.

MON BEL OISEAU,

Vous ne sauriez vous défendre d'être connu pour un Hibou. Les lettres anonymes ne sortent que de leurs palais, de ces vieilles masures de ces châteaux ruinés où la clarté du jour ne pénètre jamais. Je me serais bien dispensé de faire connaissance avec vous ; j'en ai tant d'autres de votre espèce à combattre ! mais enfin, puisque vous venez me mordre, il faut bien que je vous donne la chasse.

La première question que je me suis faite après avoir lu, au grand jour, votre lettre ténébreuse, a été celle-ci : est-ce un jeune ou vieux Hibou qui m'écrit ? Il y a ici du pour et du contre. Les puérilités, les niaiseries et l'ignorance qui font le fond de cette lettre, sont d'un Hibou qui commence à peine à miauler : son ton est celui d'un vieux ROMINAGROBIS. Comment concilier ces disparates ? Le voici. Si cette lettre est l'ouvrage d'un jeune Hibou, il a voulu donner du relief à la sottise, en prenant le masque d'un matador de sa race. Si, au contraire, l'auteur de la lettre est un de ces RÉVÉRENDS que La Fontaine fait siéger dans les hautes stales à la tenue du conseil des chats, il faut dire que cet animal est vieux et très-vieux, puisque le grand âge l'a fait retomber dans l'enfantillage.

Autre question. Ce Hibou, jeune ou vieux, n'importe, parle-t-il en son nom, ou est-il simplement un scribe chargé par sa coterie de me transmettre leurs anathèmes ? Je dirai ce que j'en pense à la fin de ma réponse.

Ce que j'ai à dire en attendant, est que l'ouvrage, d'où qu'il parte, doit être attribué à un Cathare mieux connu sous le nom de puriste, peut-être à quelques Tartufes qui n'auront pas manqué de consulter les femmes savantes et les prudes de leur connaissance.

Quoi donc ! nous aurions des Cathares, etc. parmi nous ? Il faut l'avouer à la honte de l'humanité ; comme il y a des mécréans, des indévots, il y a toujours eu et il y aura toujours des puristes. Le purisme a été professé par les Montanistes, par les Manichéens, par les Novatiens, par les Albigeois, par les Lucifériens, par les Jansénistes, et de nos jours, par les opposans au concordat entre Pie VII et Bonaparte, premier consul de la république française : nous les appelons les Puristes.

Ne nous enorgueillissons point de n'être point de ce nombre. La perfection sans tache n'est pas de ce monde. Cette vérité révélée a été connue même des païens, puisque Térence a dit dans une de ses comédies, avec l'applaudissement de tout le peuple Romain : *Homo sum, humani nihil à* me alienum puto. *Je suis homme, aucune des fai-blesses de l'homme ne m'est étrangère.* Cette faiblesse de l'humanité va jusqu'à nous faire rencontrer des Tartufes, et des femmes savantes et des prudes. Le ridicule ineffaçable dont les a couverts Molière, n'a pas suffi pour en faire perdre la race.

Pour que je puisse me défendre contre tous les coups de bec et les coups de griffe que le Hibou qui s'est mis en scène a prétendu me donner, je dois, avant tout, donner copie de sa lettre ; c'est le véritable moyen de juger si j'ai oublié quelque article.

Albi, le 3 Septembre 1827.

Monsieur l'Abbé,

« Est-ce une maladie, est-ce la malice qui vous porte à tout ce que vous faites, qui n'est pas bien ? C'est une question qui s'agite, depuis plusieurs années, parmi ceux qui vous connaissent ; il est probable que vous ne l'ignorez pas.

» Mais, quoi qu'il en soit, ne devriez-vous pas vous interdire vous-même les fonctions du saint ministère, sans attendre que l'autorité prît elle-même la peine de le faire, ce qui ne pourrait pas manquer d'arriver bientôt ? Les personnes les plus charitables le réclament. Au-reste, si vous étiez tenté d'y monter encore, souvenez-vous qu'il y a bien des personnes qui ont de justes et graves sujets de plaintes contre vous, et selon l'ordre exprès de N. S. J. C., *laissez là votre offrande devant l'autel, et allez auparavant vous réconcilier avec votre frère.*

» J'aurais bien désiré qu'un autre m'eût épargné la peine de vous écrire ces vérités ; veuillez ne les pas perdre de vue, etc. etc. »

N. B. Les dernières phrases de cette lettre sont pour s'excuser sur la faute que commet l'auteur en gardant l'anonyme.

RÉPONSE.

Mon bel Oiseau,

Je suis, grâces à Dieu, très-saisi d'esprit et de corps. Si vous appelez malice de donner un coup de griffe à qui me donne un coup de bec, je conviens que quelquefois je me permets cet horrible attentat. Je n'ignore pas que le catéchisme des Cathares, des Tartufes et des prudes, dit qu'après un coup de bec, je dois être prêt à en endurer un second ; mais comme chez eux cette maxime n'est que spéculative (j'en donne pour preuve votre lettre), et non pas pratique, qu'ils trouvent bon, quoique je n'aie nulle envie de les imiter, qu'ils trouvent bon que je les prenne pour modèles en ce point. Quel vaste champ à tarir s'ouvrira devant moi ! J'ai resté la bouche close pendant plus de vingt mois, et pendant ce temps, de votre propre aveu, avec quelle amabilité ne s'est-on pas occupé de moi à Albi, dans tout le pays albigeois, dans la département du Tarn, et ailleurs ?

Maintenant que je m'occupe de vous, Messieurs, et que je mets les hommes droits et justes, ainsi que les rieurs, de mon côté, vous le trouvez mauvais. Vous avez beau dire, mon rapprochement, tel que vous l'entendez, avec une société comme la vôtre, ce serait la société du lion qui sut s'adjuger les quatre parts du capital et des intérêts.

Au lieu de me peigner *à la façon de barbari, mon ami*, est-ce que votre coterie ne pourrait pas, au moins une fois, retourner la besace, et faire passer la poche de derrière, devant? Qu'elle est pleine cette poche de derrière! combien d'Hippocrates ne faudrait-il pas pour la purger et la désinfecter! Cela fait, la cure sera longue. Les oiseaux de votre race ne sauraient-ils s'occuper de quelque chose d'utile et d'honnête? Leurs croassemens contre moi sont entièrement inutiles. Il y a long-temps que je sais la fable du meunier et de son fils, qui mènent leur âne à la foire, et que je prends la moralité de cette fable pour ma règle de conduite; ainsi, mes mignons, peine perdue que vos miaulemens. J'ajoute: Est-il convenant, est-il honnête que des habitans des palais où la lumière ne pénètre pas, veuillent donner des leçons et servir de guides à ceux qui vivent au grand jour? J'insiste sur le mot *le grand jour;* il n'en faut pas davantage pour mettre en fuite toute la nation des Hiboux, et c'est là tout le mal que je leur ai fait et que je veux leur faire.

Vous me donnez pour conseil, mon bel Oiseau, de me retirer de l'autel. Je me garderai bien de suivre un conseil si perfide.

Si vous ne le faites, dites-vous, l'autorité sera forcée de vous en arracher.

Vous me parlez, sans doute, de cette même autorité qui fit la belle équipée du 26 Février 1826. Je la crois effectivement très-capable de se donner un nouveau ridicule; mais moi, je saurais mieux m'y prendre. Si je ne dis pas mon secret, c'est que j'ai présent à ma mémoire ce mot d'un ancien : *Hosti nulla fides. Gardez-vous de faire aucune confidence à votre ennemi.*

Une digression est nécessaire ici ; elle concerne le respect que je dois à l'autorité spirituelle. Je proteste d'abord que je respecte et que je révère cette autorité, comme doit le faire tout bon catholique. Un lien qui n'est pas commun à tous les prêtres, m'en fait un devoir spécial. C'est le serment que j'ai fait en prenant le bonnet de docteur de Sorbonne, d'après lequel je suis engagé à défendre cette autorité spirituelle, envers et contre tous ceux qui l'attaqueraient en ma présence.

Mais cette autorité que je vénère, et que je suis obligé de défendre sous peine de parjure, s'est-elle toujours respectée elle-même ? Qu'il me suffise de nommer le dixième siècle, où elle voulait tout envahir ; le grand schisme d'occident, les entreprises de Boniface VIII contre Philippe-le-Bel, celles de Clément V lui-même contre l'Empereur d'occident, etc. etc. etc. Mais imitons Sem et Japhet ; prenons un manteau pour couvrir les nudités de notre mère.

Reprenons maintenant la suite de votre lettre ; je ne veux pas en omettre un mot, tant elle belle !

Il paraît, mon mignon, que le système de la terreur est votre système favori. Sans doute qu'il vous a réussi quelquefois ; mais auprès de moi, ces terreurs ne sont point des foudres, ce ne sont que des fusées ; vous voyez que je m'en amuse, et que peut-ête d'autres en riront. Je n'ai garde de me donner pour un brave ; mais aussi, quelle poltronnerie de craindre des animaux malfaisans qui ne peuvent me faire aucun mal sans se couvrir de ridicule, je dirais même de confusion s'ils en étaient susceptibles !

Trève un moment au badinage. Notre Hibou va faire parler son maître et le mien, Notre-Seigneur Jésus-Christ. On a déjà lu les paroles qu'il cite, et il me mène par là à une conclusion que je ne peux pas admettre, celle de ne pas monter à l'autel, parce que j'ai de l'inimitié contre mon frère.

Je ne sais pas encore tout ce que savent les Hiboux. Il y a de si épaisses ténèbres dans leurs palais, qu'eux seuls peuvent s'y reconnaître. J'ignorais, par exemple, que les Hiboux eussent ce don du Saint-Esprit, qui donne la facilité de lire dans le cœur des humains ; cependant ils l'ont. Rien de plus certain, d'après l'auteur de la lettre, qui affirme que je hais mon frère ; cependant comme je suis certain du contraire, ce que j'ai appelé mal à propos don du Saint-Esprit, doit être appelé esprit de ténèbres. On tombe toujours là en parlant des Hiboux ; mais sur quoi est fondé cet arrêt de la coterie chat-huante, qui déclare que je hais mon frère ? Ce ne peut être que parce que j'ai donné quelque coup de griffe à leur vénérable papa ; ne l'a-t-il pas bien mérité ? Et son défenseur ne m'apprend pas, par sa lettre, qu'il faut conti-nuer mon chapitre de représailles, ce que je vais faire à suite de cette réponse.

Puisque vous savez, mon tendron, les paroles de Jésus-Christ que vous avez citées, vous devez savoir aussi celles que j'ai à citer à mon tour. Saint Jean-Baptiste n'appelle-t-il pas les juifs : *Progenies viperarum ? Race de vipères ?* Avez-vous compté combien de fois Jésus-Christ, dans l'évangile, diffame les pharisiens comme de francs hypocrites ?

De l'évangile, passons aux saints Pères. Lors-que les saints docteurs ont attaqué les héréti-ques, ont-ils été fort douceureux dans leurs expressions ? Le bon ton de notre siècle les trouve trop fortes, et nos prudes se boucheraient les oreilles pour ne pas les entendre. Epargnons

leur ces longues litanies d'épithètes; mais elles
feront peut-être grâce à saint François de Sales,
qui, je le pense, aimait autant qu'elles Dieu et
le prochain. Que dit ce grand saint? *Dans l'église, comme dans les champs, quand on voit le
loup, il faut crier: Au loup !* Donc, sans pécher
contre la charité, j'ai pu crier : Au loup ! au
calomniateur ! à l'ignorant ! au vandale ! etc. etc.

Dans ma vie, qui est déjà longue, j'ai reçu
plus d'une fois des coups de bec, des égratignu-
res, des camouflets, des mauvais services.
Comment m'y suis-je pris pour que cela ne
passât pas jusqu'au cœur ? Je me suis égayé
quelquefois, comme je le fais aujourd'hui, aux
dépens des Hiboux de Normandie, qui sont de
la plus grande espèce, d'une fécondité qui en
remplit toutes les masures et tous les châteaux
ruinés du pays, et si méchans, que les plus
méchans des singes ne leur sont pas compara-
bles, et enfin si rusés, que tout les renards de
La Fontaine ne sont que des écoliers auprès
d'eux. J'ai eu aussi affaire avec des chats-huants
des autres provinces, et maintenant avec une
bonne nichée d'Albi et pays Albigeois. Que
fais-je pour ne pas crever de dépit et de rage ?
Je donne à mon tour quelque coup de bec ;
j'aiguise une pointe, je fais quelque calembour
bon ou mauvais; mais par-dessus tout, je manie
successivement la plume, le rabot, la bêche,

sans parler des devoirs de mon état et des délassemens de l'amitié. Ces exercices occupant toutes mes journées, me font oublier les déplaisirs qu'on veut me donner, aussi facilement qu'on oublie les songes d'une mauvaise nuit.

J'ai maintenant à m'accuser ici d'un jugement que mon bel Hibou dira être faux ; peut-être l'est-il, mais du moins il n'est pas téméraire. Votre lettre porte pour date : Albi, 3 Septembre. Un quart d'heure après qu'elle a été écrite, je pouvais la recevoir ; cependant je ne l'ai reçue que le 5 au soir. A quoi ont été employées les deux ou trois journées de retard ? Elles ont été employées, à mon avis, à la communiquer aux personnes que vous me dites avoir contre moi de graves et justes sujets de plainte. Vous n'avez pas voulu prendre tout le paquet sur vous ; il fallait vous assurer que vous aviez rempli votre intention et celle de vos commettans. Trois jours n'étaient pas trop pour cela ; mais aussi, quel n'a pas été votre triomphe ! Le cœur, j'en suis sûr, vous bat encore de joie quand vous avez entendu chanter en chorus, à votre louange : *Bene, bene respondere ; dignus es intrare in nostro docto* (et sancto) *corpooore. C'est bien, c'est très-bien répondu ; vous étes digne d'entrer*, et d'être élevé en grade *dans notre coterie très-savante*, où tout nous élève au plus parfait purisme, et nous fait monter au comble de la dévotion.

De peur cependant qu'une si belle apothéose ne vous enivre , voici un calmant préparé dans une pharmacie qui n'est pas la vôtre.

Chanson ancienne reproduite ici en faveur des Cathares d'Albi et autres.

SUJET DE LA CHANSON.

M. de Montempuis , fameux Janséniste de Paris , avait été professeur de philosophie au collége du Plessis , et recteur de l'université. Lors de la chanson , il était chanoine de la métropole à Paris. La grâce efficace lui manqua pour résister à la tentation d'aller à la comédie. Il y fut déguisé en fille. Quelques-uns de ses anciens élèves le reconnurent, et furent de suite au collége des Jésuites , dit de Louis-le-Grand. On y composa la chanson ; elle fut imprimée pendant la nuit , et livrée aux chansonniers , qui , le lendemain, en firent retentir les places et les rues de Paris.

CHANSON.

Voici matière nouvelle
Pour les rieurs de Paris ;
Dira-t-on mademoiselle ,
Ou monsieur de Montempuis ?
Eh , lon lan la landarirete , etc.
Eh , lon lan la , l'on en rira.

Malgré sa philosophie ,
Monsieur l'abbé , l'autre jour ,
S'en fut à la comédie
Entendre parler d'amour.
Eh , lon lan la , etc.

D'une gentille dévote
Il emprunte l'attirail ,
Le cotillon, la capote ,
La coiffure et l'éventail.
Eh , lon lan la , etc.

Tout l'écrin de Pétronille
Embellit son directeur ,
Qui lui dit : J'ai donc , ma fille ,
Tes habits , et toi mon cœur.
Eh , lon lan la , etc.

Cette belle , ainsi masquée ,
Singeait , comme au temps passé ,
De nos rois la fille aînée ,
Dame l'université.
Eh , lon lan la , etc.

Quand on vit dans une loge
Cette nouvelle beauté,
Maint petit-maître déloge
Pour voler à ses côtés.
Eh, lon lan la, etc.

Pourquoi tant baisser la tête,
Mademoiselle de Montempuis?
Au poil on connaît la bête,
J'ai fait mon cours au Plessis.
Eh, lon lan la, etc.

Que dira messire Antoine,
Ce prélat de grand renom,
Lui qui vous a fait chanoine
Lorsque vous étiez garçon?
Eh, lon lan la, etc.

Ainsi finit cette histoire
D'un Janséniste fameux;
Qui ne voudra pas la croire,
S'aille enrôler avec eux.
Eh, lon lan la, etc.

Pensez-y bien, messieurs et dames puristes.

SUPPLÉMENT

*Au chapitre des Représailles de ma Guerre
aux Hiboux.*

DANS un temps où j'ignorais qu'il nous fût
venu des rivages du Calvados, sur les rives du
Tarn, un animal curieux, je parle du carême
de l'année de 1823, époque où se donna une
Mission dans notre métropole d'Albi, par MM.
Miquel, feu M. de Chièze et leurs collaborateurs,
j'étais dans la sacristie de Sainte-Cecile, à parler,
avec mon ami M. de Chièze, de matières assez
importantes, et nous étions détournés par les,
allées et venues fort inutiles d'un chanoine qui
suivant sa coutume, avait l'air d'un homme fort
occupé d'affaires, et qui fait l'important. M. de
Chièze me demanda : quel est ce chanoine? Je
lui répondis : « C'est un jeune homme que notre
archevêque a amené avec lui du diocèse de Bayeux.
J'allais continuer. Ne m'en dites pas davantage,
reprit le Missionnaire. » Que je plains votre digne
archevêque d'avoir pris avec lui un jeune homme!
C'est une faute qu'ont à se reprocher quelques
évêques de ma connaissance; ils s'en repentent
bien amèrement aujourd'hui, et votre archevêque
s'en repentira à son tour.

J'ai consigné cette narration dans une de mes lettres à Sa Grandeur ; mais ç'a été sans aucun fruit. Elle voyait alors par des yeux étrangers. Le complot était fait ; tout ce qui pouvait le faire échouer était écarté avec soin.

———

Parmi les bons projets avortés au secrétariat de Mgr. l'archevêque d'Albi, celui-ci mérite d'être remarqué.

Il a été proposé de faire de l'église et presbytère de Notre-Dame de l'Adrèche près Albi, un établissement pour des Missionnaires, ou une maison de retraite pour d'anciens ecclésiastiques.

Dans le même temps, les paroissiens de Saint-Dalmase, dont l'église est des plus anciennes du diocèse, présentaient requête sur requête pour que le service d'église succursale qui, depuis peu d'années, avait été transféré à Notre-Dame de l'Adrèche, fût rétabli à Saint-Dalmase. Je n'ai pas vu de demande plus juste ni mieux fondée.

Mgr. l'archevêque donne commission à M. Avonde de faire le procès verbal d'usage, appelé *de commodo et incommodo*. M. le commissaire se transporte à Notre-Dame ; s'il eût su son métier, il eût dû appeler à cette visite les trois maires dont le territoire vient se terminer dans l'église de Notre-Dame, celui de la ville d'Albi, celui de Castelnau et celui de l'Escure ; il devait, de plus, inviter MM. composant les fabriques de Saint-Dalmase et de Notre-Dame. Les paroissiens avaient aussi le droit d'être convoqués pour discuter leurs droits respectifs.

Voilà les règles prescrites dans tous les protocoles dressés pour remplir ces sortes de commissions. Je pense que M. Avonde ignore ces formes; car s'il les eût connues, il faudrait l'accuser d'avoir sciemment fait une procédure radicalement nulle, et très-ridicule par la manière dont il l'a exécutée. En effet, que fait M. le commissaire? Il se fait assister de M. Crouzet, curé de Notre-Dame, qui quitterait avec peine une cure où le casuel est très-bon par les messes de vœu et les offrandes qui s'y font, et qui, en outre, se trouve dans un des plus beaux points de vue aux environs d'Albi, et de M. Crouzet, maire de l'Escure, cousin du curé de Notre-Dame. D'après une telle manière de procéder, il est facile de deviner quel fut le résultat de cette visite. Les paroissiens de Saint-Dalmase sont encore à attendre qu'on leur rende justice.

Peu de semaines avant que je fusse à Toulouse, où (comme je l'ai dit dans l'écrit dont ceci est le supplément) je passai tout le carême de 1826, M. Avonde y avait fait un voyage. Il demanda à voir le dais de l'église du Taur. On le lui fit voir.

Que fit-il, que dit-il? Je l'ignore; mais ce que je sais fort bien, c'est que M.***, alors vicaire, dit: *Vous avez à Albi un chanoine bien mal élevé.*

———————

On prépare à Albi un couvent pour recevoir les religieuses de Notre-Dame. Les ouvrages sont dirigés par M. Avonde. L'ancien cimetière de la paroisse de Saint-Affrique doit être le jardin du couvent.

Il a fallu, comme de coutume, quand on rend profane un terrain consacré, exhumer les morts. Il est inutile de dire que cette exhumation doit se faire avec décence, et qu'avant d'y procéder, on doit avoir un lieu préparé pour y porter en diligence ces dépouilles mortelles. Voilà les règles, et voici les faits. Les ouvriers craignaient de toucher à ces squelettes, et faisaient difficulté de détruire d'antiques tombeaux en maçonnerie qui étaient la propriété des familles de plusieurs de nos concitoyens. La cupidité l'a emporté sur la justice. Pour profiter des matériaux de ces sépulcres, qui n'ont pas donné une économie de cinquante écus, on a fait main-basse sur ces derniers asiles de l'homme qui cesse de vivre. M. Avonde, pour donner du cœur aux ouvriers, prend lui-même la pioche, et donne les premiers coups. Au lieu du respect qu'on doit avoir pour ces cendres des enfans de l'église catholique, au lieu de la nouvelle sépulture qu'on devait leur donner au plutôt, on a exposé ces crânes et ces ossemens, où ? Aux latrines de la salle de spectacle, qui étaient devenues les latrines du quartier. Ici se présente un spectacle d'un autre genre, et non moins affligeant.

Des Dames du plus haut parage, que bien peu de chose fait tomber en pamoison, venaient gaiement faire leurs observations chirurgicales, telles que celles-ci : Ici, c'est un homme ; là, c'est une femme ; ce crâne n'a point de dents, celui-là en a conservé un bon nombre. Ah! qu'il eût été à propos que quelqu'une de ces bouches depuis si long-temps sans parole, l'eût reprise un moment pour leur dire : *Hodiè mihi, cras tibi!* J'ai payé le tribut à la mort, demain peut-être, Mesdames, vous payerez le vôtre.

FIN.